走過台北三十載

藍色水銀、765334
汶莎、宛若花開 ———— 合著

天空數位圖書出版

目錄

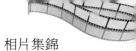

相片集錦

忠孝西路—台北火車站前

環亞百貨—微風南京

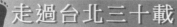

故宮博物院

壽德大樓

2

總統府

中山高速公路

中影文化城外漢堡王

光復節

忠孝東路

南京西路森林北路

世貿中心

銘 傳 記 憶

鐵路地下化前後

陽明山—待良人歸來

前言

作者：藍色水銀

　　台北市曾經是台灣人口最多的城市，不過因為 2010 年改制，政府將台北縣改為新北市、桃園縣改為桃園市、台中縣與台中市合併、台南縣與台南市合併、高雄縣與高雄市合併，因此人口數落居第四。

　　這麼大的城市，當然有著說不完的故事，別說三言兩語，就算三天三夜也說不完，如果找個老台北，寫個十本八本的書也不讓人意外，但我不是台北人，卻跟它有著千絲萬縷的緣分，四十多年前，父親在中央警官學校念書，叔叔正在與嬸嬸戀愛，帶著我這個電燈泡到台北探望父親，順道逛了榮星花園，也帶我去兒童樂園，雲霄飛車實在很刺激，結束之後我的臉色鐵青，腿都軟了，走路都走不穩，整天不舒服，這就是我第一次到台北，結局很糟，但印象深刻。

　　之後有各種原因讓我造訪台北，有時搭統聯或國光客運、有時搭火車、開車，有一次搭飛機，有幾次搭遊覽車，還有近年的高鐵，這麼多種方式可以到台北，我都經歷過，有時目

的地相同，但多半不同，到了台北，人生地不熟，有時用走路到達想去的地方，有時搭計程車，偶爾會上公車，近年則多半改為捷運，以前去台北都會帶一本地圖，方便找尋目標，有了孤狗大神之後，手機取代了厚重的地圖，但本質上還是相同。

台北是個非常特別的城市，有萬頭攢動的街頭、霓虹燈閃爍的招牌、有讓人悠閒散步的公園、也有趕時間的匆忙一族，走路的速度就像小跑步，還有外地來的我，東張西望，不知道要往哪個方向？食物的選擇也非常豐富，可以在超商買個飯糰邊走邊吃，簡單的解決，也可以花掉五位數的台幣，還有大把的時間，吃一頓奢侈的大餐，據說台北有超過六萬個億萬富翁，難怪可以撐起這麼昂貴的餐廳。

無論是住在台北，還是路過、考試、比賽、旅遊、洽公、訪友或看展，它總是那麼特別！既熟悉又陌生，既親切又冷漠，讓人又愛又恨，獨自站在南陽街上，那是第一次親眼看到什麼是人潮洶湧，在捷運車廂裡體驗什麼是擠沙丁

魚，億萬富翁親切地招待我在大飯店裡用餐，體驗什麼是富人一餐飯，窮人一年糧，這些都是在台中很難體會得到的經驗，在車展上親眼看見富豪當場花幾千萬買一台跑車，更是讓人瞠目結舌，但當晚我卻在西門町被一個街友搶走脖子上的白金項鍊，這就是台北，有天堂也有地獄，沒有明確的分界點。

忠孝西路—台北火車站前

作者：藍色水銀

　　那一年，我十六歲，在前一年的聯考中失利，希望考上台中二中，但差了六分，五專也是差了三分而已，只考上了台中高工，極欲捲土重來的我，選擇了休學，並在五專的考試選擇了北部的戰場，媽媽帶著我，從台中舟車勞頓的來到台北，並找了一間便宜的旅館入住，因為認床，於是一整晚都翻來覆去，考試當然就沒考好，連著兩天都一樣，鎩羽而歸的我，步履蹣跚地爬上忠孝西路天橋，無奈地望著夕陽，心有不甘的等待著三十分鐘後回家的火車。

　　在捷運完工之前，搭火車或客運到台北，多半會從忠孝西路出口，踏上在台北的旅途。忠孝西路上，有腳步飛快的學生，上計程車的商務人士，東張西望的外地人。台北人的走路速度，讓我大開眼界，在台中，我的走路速度算很快的，沒想到，台北大部分的學生都比我快，簡直就像小跑步，直到去年底到台北訪友，這樣的感覺依然存在，而原本東張西望的外地人，變成看著牆上的地圖，上計程車的商務人士則改搭捷運，所以忠孝西路不再人潮不斷，

從前大排長龍的計程車，早已成為歷史，有時甚至要等上幾分鐘，才會看到一部空計程車經過。

當年曾經無奈地在天橋上望著夕陽，但近年來攝影風氣所致，許多人開始追逐各種題材，忠孝西路的懸日就是其中的一個，於是在特定的日子，忠孝西路的天橋上擠滿了拍照的人，其實這蠻危險的，因為這個天橋年代久遠，兩三個人在上面走就會晃了，一下子塞了超過一百人，哪天斷了也不會讓人意外。這座天橋，見證了台北車站前的興盛與衰落，當人們不再從忠孝西路上行走，主要的路線轉為地下時，對台北的第一印象，已經變成了捷運站裡人潮洶湧的樣子。

忠孝西路附近值得一提的還有南陽街，這裡是傳統的補習街，雖然不長，但聚集了許多補習班，一到下課時間，滿滿的人，即使在少子化的今天，此處依然熱鬧，因為學生吃東西要求便宜、出餐迅速，所以又有許多學生把此處戲稱為噴街，也就是吃了會拉肚子的一條街，

15

　　但也不是每家店都不注重衛生，我曾因為趕時間，在附近吃過幾家老店，也從未發生過拉肚子的情況，可見網路傳言還是要多方查證的，不能全盤相信，而車站附近也有很多餐飲業，孤狗一下，多走五十公尺，也許就有更多更好的選擇了。

環亞百貨—微風南京

作者：藍色水銀

　　環亞百貨，即現在的微風南京（微風廣場第四經營點），將近四十年前，環亞百貨開幕，僅四年就由鴻源機構接手，改名為鴻源百貨，之後鴻源機構倒閉，再度改名為大亞百貨南京店與環亞購物廣場，接著富邦人壽取得經營權，又將名稱改為 momo 百貨，2013 年改名為微風南京，並重新裝修過，目前僅四樓以下為營業樓層，在疫情的衝擊之下，不知是否會再度易手經營權而改名？或是安然度過？

　　進去逛過的人就會知道，除了一樓，其他樓層的天花板比較低，壓迫感很重，加上狹長型的設計與邊緣是半圓形的關係，因此在動線上受到了一定的限制，沒有好好規劃的內部空間，造成了外型亮眼，內部礙眼的狀況，使得願意重複消費的意願降低，也是一直換人經營的原因之一。2005 年，斜對面的台北小巨蛋完工，原本有機會讓此處大放光芒的，可惜來此的人總是來也匆匆，去也匆匆，加上演唱會結束的時間往往比百貨公司下班還晚，因此本應該受益的環亞百貨，反而成了受害者，因為演

唱會進場前的人潮，會造成附近交通的壓力，讓原本想逛的人望之卻步，或是難以靠近。

環亞百貨旁的敦化北路，是台北市少數的綠園道，因此房價一直都高居不下，也就是說附近住了很多富豪，或是在附近上班，是消費能力超強，時間又多的那種，因此在這附近看到超跑、勞斯萊斯、賓利從身旁駛過，是稀鬆平常的事，無須大驚小怪，反倒是要注意保持安全距離，否則不小心撞上了，可能要三年五年不吃不喝才賠得起。位於環亞百貨旁的王朝大酒店一樓 Sunny Buffet，主要就是服務這些富豪的餐廳，早餐每份 480 元，還得加上一成服務費，假日的晚餐為 1180 元加上一成，雖然不算頂級，但一般小老百姓，恐怕也只有特別的日子才消費得起吧！

目前的微風南京，地下二樓主要是餐飲業，受到疫情的衝擊，慘澹經營。地下一樓則是綜合型態的商場，有藥妝、服飾、家具、內衣等，一樓主要為餐飲，也有珠寶、保養品，這樣的安排有點怪，二樓是生鮮超市及餐飲，三樓同

樣是綜合型態的商場，有床、服飾、牛排館等，四樓全是餐飲，同樣受到疫情的衝擊。2021年初，微風南京在耗時半年的裝修之後，胸懷大志的開幕，不到半年就面臨最嚴峻的挑戰，如果疫情無法受到控制，再度易主恐怕也不是什麼新鮮事了。

忠孝西路中華路口

作者：藍色水銀

　　這裡的位置非常特別，距離西門町約五百公尺，台北車站約四百公尺，旁邊就是北門，還有歷史悠久的台北北門郵局，兩百公尺外就是淡水河，過了河就是新北市三重，原本在北門旁邊的高架橋，在柯文哲市長任內拆除，讓它得以用完整的面貌呈現在世人面前，或許是拆除後的路線規劃不佳，去年登上台北市車禍數量冠軍，用這樣的題材登上報紙跟媒體，並不讓人意外，兩頭都是筆直的路，卻在北門旁變成曲線，除了交通打結，意外也多，位於車水馬龍的台北與新北交界附近，恐怕是無解題。

　　北門郵局目前是直轄市定古蹟，第一代廳舍於 1898 年啟用，1913 年火警後重建，第二代則於 1930 年完工，迄今已九十餘年，跟北門咫尺之遙，但願這兩樣古蹟還能繼續屹立著。就在郵局後方不遠處的撫台街洋樓，同為直轄市定古蹟，雖然不大，但頗具特色，也是值得一看的。郵局對面的國立台灣博物館鐵道部是國定古蹟，參觀需要收費，但內部有關鐵道的文物，還有建築物的美，都讓人印象深刻。

　　轉個彎，走到中華路，上了人行天橋，寬闊的中華路，底下是捷運藍線跟綠線，我還記得剛退伍不久，也就是三十年前，一人隻身來到台北闖蕩，就是在此徘徊，有點像電影《翻滾吧！阿信》的狀況，迷失在燈紅酒綠之中，不知有多少個夜，都在酒醉之中度過，醒來之後不知身在何處，半個月之後，驚覺自己竟然如此墮落，於是放棄了高薪的泊車小弟工作，回到台中，找一份跟自己所學相近的黑手作業員，或許收入很低，但至少不墮落，身體也不再被菸酒所傷害，算是懸崖勒馬。

　　現在到西門町，幾乎都直接搭捷運了，不再像從前，出了車站後慢慢逛，逛到哪裡就看到哪裡，有時走錯路，還有意外的收穫，有次不小心闖進三民書局，買了宋詞的精裝本，雖然背著一整天，感覺越來越重，但之後越看越喜歡，也讓這本台北買的書，一直在我的書架上，沒有進到二手書店去尋找下一個有緣人。在書店看了一個多小時的書後，早已分不清東南西北，走出店門不久後，竟然看到當年讓我

睡不著而落榜的旅館，心裡很不是滋味，也沒
心情再逛下去了，回到入住的旅館，躺在床上，
一會就入夢鄉，醒來的時候已是凌晨三點多，
街頭空無一人，只有我與影子兩個。

故宮博物院

作者：藍色水銀

　　六歲那年，因為父親在台北念書，所以就首度來此參觀，但大字都不認識幾個，怎可能知道故宮到底放了些什麼？幾年後，學校的旅行安排了故宮的行程，那時的我，雖然懂的東西多了些，但其實還是一知半解，走馬看花的狀況下，只記得鼻煙壺、翠玉白菜，還有一些褪色的古畫，上了國中，又一次的因為學校的旅行來此，這次較有印象的是百駿圖，還有像極了豬肉的肉形石。

　　但我一個小孩子懂什麼呢？根本不清楚什麼是無價之寶，又為什麼這些寶是價值連城？既無價，卻又價值連城，搞得小腦袋好亂啊！等我開始接觸真正的藝術洗禮之後，再去故宮時已經年過三十，這次的參觀就真的花了很長的時間，幾乎每件都仔細端詳，雖然沒能記住多少樣的名稱，但看到了最喜歡的趙孟頫、顏真卿、王羲之等人的書法，還有唐三彩、五彩百鹿尊、毛公鼎、東漢玉辟邪，象牙雕透花人物套球是此行最讓我驚嘆的，到底怎麼雕的？簡直匪夷所思，即使在現代，以更先進的雕刻

器材來雕，恐怕也沒有幾人能夠複製或是創新吧！

有一次造訪故宮，主要的目的不是參觀，而是幫朋友鑑定一幅畫，其實在拿到畫的時候，我已經告訴朋友，他買的價格決不可能是真跡，但他信誓旦旦地說是北京大學的教授背書，所以才花了一百萬人民幣買的，為了讓他死心，只好跑一趟故宮，找到了專家，讓專家來打醒朋友的發財夢，當畫展開之後，專家幾乎立即說出這是仿製品，而且是用什麼方法印的，頂多價值多少。一年以後，我在某間藝品店買到相同的仿製品，價值僅二百元，這幅畫是中國最具知名度的畫作之一，即張擇端的清明上河圖，目前珍藏在北京故宮。

八年前，開車載兩個朋友還有七歲的兒子去士林官邸賞菊花，他們提議到附近的故宮，這也是我最近一次造訪，我從年幼時的懵懵懂懂，到充滿興趣，到瞠目結舌，最後是充當導遊，帶著朋友跟兒子參觀，橫跨了四十年之久，僅僅造訪五次，據說裡面的寶藏，每三個月就

更換一次，僅最知名的翠玉白菜、肉形石、毛
公鼎不曾更換，對古物有興趣的人，可以隔一
段時間就再去一遍，而同年我們到了嘉義故宮
南院，因為行程較趕，未能入內參觀，只在外
面晃了十分鐘，雖然有點遺憾，但也是無可奈
何，希望有生之年，能有機會進去看看。

高速公路收費亭

作者：藍色水銀

　　泰山收費站，曾經是台灣所有高速公路中最大的收費站，1974 年啟用，是所有收費站中第一座啟用的，因此具有特別的歷史意義，2013 年底因為高速公路全面改為電子收費而拆除，因車流量最多，故有天下第一站之稱。南北各有十個車道，並在兩側有較寬的車道，在拆除整個收費站之後，僅保留一座票亭作為紀念，拆除後的收費站兩旁，多了新建的五股楊梅高架道路，大大改善了國道一號的交通，但也變得十分複雜，要經過此路段時，務必事先做好功課，全神貫注的開車，並提早轉到想走的車道，以免臨時變換車道造成違規又危險。

　　記得三十多年前，家裡的第一部車是裕隆速利，沒有電動窗，而且是手排車。從台北回台中，快到泰山收費站時塞車了，一會啟動，一會煞車，走走停停的，光是踩離合器、煞車、油門就已經很煩人，還得準備零錢或是回數票，並提前搖下車窗，因為太慢搖車窗，會被後面的車按喇叭，太早搖車窗，會吸到髒空氣，一陣手忙腳亂之後，還得來個一檔、二檔、三檔、

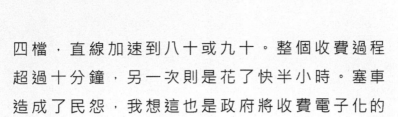

四檔，直線加速到八十或九十。整個收費過程超過十分鐘，另一次則是花了快半小時。塞車造成了民怨，我想這也是政府將收費電子化的主因吧！

後來換了一台有電動窗的車，依然是手排的，在經過的時候還是會覺得手忙腳亂，因為以時速一百的高速進入收費站時要降檔，從五檔降到二檔再空檔，直到車子完全停止，而像是泰山收費站，它是長下坡，沒控制好的話還得大腳踩煞車，有時候無法很準確地停在收費員的位置，然後遞了回數票之後，又得從一檔升至五檔，現在的轎車或休旅車幾乎都是自排，很難想像當初的狀況，因為以前的車，自排的比例並不算高，相信這是很多人在經過泰山收費站時印象非常深刻的一件事。

雖然現在已經全面改成電子收費，大多數的車也變成自排，但因為地形的關係，工程設計的原因，經過這個路段還是有點小塞，車速會稍減，顛峰時間甚至會走走停停，也因為經常有人搞錯車道，突然左切右切，險象環生，

所以在這個路段必須全神貫注的開，千萬不要
做其他的事，例如瞄一下手機、看導航、調整
冷氣、喝水等等，只要一秒，就有可能釀成大
禍。

壽德大樓

作者：藍色水銀

　　光看大樓的名字，大概有很多人一頭霧水，這到底是哪裡呢？為什麼要寫它的故事呢？但如果說它是台北火車站對面，三棟大樓的左邊那棟，看起來有點舊的辦公大樓，應該能讓不少人想起，而住在台北市的人，應該就有不少人有印象，因為有許多補習班在此招收學生，曾經在此上課的應該也有，專屬它的記憶也肯定不少，那些屬於青春歲月的時光曾在此度過，壽德大樓代表的意義就是那些補習的日子。

　　雖然壽德大樓不在南陽街上，不過也僅僅咫尺之遙，屬於南陽街眾多補習班的龐大生態之一，所謂生態，包括了補習班本身、參考書、文具、各時段的餐廳、飲料等等行業，養活了無數人，也幫助無數學生，學生從四面八方搭乘公車、火車、捷運、走路過來，上萬人集中在這附近補習、購買、用餐、聊天，下了課之後再沿用原來的方式回到各自的住處或是溫暖的家，日復一日，龐大的同儕競爭壓力，榨出了台北學生最強的戰力，他們走路快、吃飯快、

讀書快、決定快，從小就這樣的培養，確實出了許多出類拔萃的人才。

說到參考書、文具，光南跟墊腳石，還有重慶南路一帶的三民書局等都是重量級的，當然也還有不少業者，只是我的印象已經模糊，只記得這些，而我也只會到這幾家購買，雖然我不曾在此補習，因緣際會曾在附近工作一段時間，台北的熟悉與陌生竟常常發生在同一處，原因很簡單，屹立不搖的老店和前仆後繼的新商家，幾年沒經過，可能就會改變許多，雖不至於認不出來，但就是有種既熟悉又陌生的奇怪感覺，這在其他的城市或許也會發生，尤其這次疫情慘重，衝擊之大難以估算。

而在附近要找到經濟又美味的餐點有點困難，基本上只要可以吞下肚，不到難吃的地步，吃了不會拉肚子，應該就會生意不錯，畢竟學生的預算都非常有限，學會控制預算，控制零用錢的使用，成了所有補習學生的另一門功課，家境富裕一點的，選擇就比較多，一餐幾百元的餐廳就挺多的，至少有幾十家可以選，不過，

恐怕上門的學生不多就是，至少在比例上是這樣，而壽德大樓後方的麥當勞台北公園店，就成了許多學生休息、用餐、聚會、吹冷氣的首選．相信也有很多人的時間是在此流逝吧！

站前哈帝漢堡

作者：藍色水銀

　　美國的 Hardee' s 哈帝漢堡於 1986 年進軍台灣，由天仁集團營運，陸續在台灣開了十四家分店，平均營業額是哈帝在全世界中最高的，不過好景不常，僅僅五年的時間就結束了風光，在 1991 年宣布退出台灣市場，幾乎同時進入台灣的溫蒂漢堡，也在 1999 年停業，事實上，麥當勞、肯德基也是在差不多的時間進軍台灣，當時的本土品牌還有香雞城，而更老牌的頂呱呱則是在 1974 年就成立。

　　是什麼原因造就了平均營業額最高呢？因為單價高，如果沒記錯的話，一份牛肉漢堡套餐，價格是 169 還是 179，甚至比麥當勞還高，1988 年跟同學打賭，結果我輸了，必須請兩個同學各一份套餐，拿出身上唯一的鈔票，面額五百元，那是我一星期的早餐加中餐的餐費，結果三份套餐超過預算，害我把身上的銅板也全都從口袋裡出來，竟然還差兩塊錢，尷尬得讓我想奪門而出，我的兩個同學各拿出一個銅板才化解了尷尬，也讓我首次見識到高價速食店的可怕，因為當年我的母親一個月只能賺一

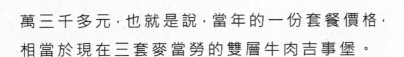

萬三千多元，也就是說，當年的一份套餐價格，相當於現在三套麥當勞的雙層牛肉吉事堡。

　　十四家分店中，我只到過兩家，分別是在台中跟台北的火車站附近。台中店因為附近的遠東百貨於 1990 年二度大火，加速了它的沒落，整個台中的中區也就此走下坡，三十一年了，仍然無法逆轉這情況。雖然台北的狀況不同，但台北站前店的位置頗為尷尬，離最熱鬧的南陽街也很近，卻始終無法得到足夠的眷顧，學生走了，生意也下滑了，根本難以支撐天價的房租，還有沉重的人事費，還是走到了盡頭，無法繼續營業，只在我腦海裡留下那充滿牛油味道薯條的記憶，至於漢堡的味道，已經很模糊了，就在寫這篇文章的此刻，肯德基也因為疫情，決定關閉在西門町三十六年的門市，多麼讓人傷感的一刻。

　　坐在二樓靠窗的位置上，看著忠孝西路上來來往往的車輛，還有人潮，讓我想起到台北重考那年的事，我跟媽媽走錯方向，在監察院門口問路，結果遇到的都不是台北人，直到第

五個人，他是個中年大叔，跟我現在的年齡差
不多吧？拎著咖啡色真皮公事包，非常好心的
告訴我們旅館的方向，還告訴我們附近的美食，
他現在應該有九十歲了吧？而當年另一個震撼，
是台北的女生都好高，而且走路超快，我這個
號稱走路很快的，跟她們一比，居然無法跟上，
這個狀況到去年為止沒有改變，每個人都像小
跑步般，回到台中，習慣了悠閒的步調，實在
難以想像分秒必爭的台北生活，是那麼緊湊。

舊國民黨中央黨部

作者：藍色水銀

　　位於中山南路上，鄰近臺大醫院、中正紀念堂的舊國民黨中央黨部，日治時代是日本所有，二戰結束後，國民政府來台，曾經是日本的都變成了國有財產，之後連串的紛擾，都是因為黨國不分，便宜行事，讓此處造成了國民黨的問題之一，目前則變成了前長榮集團總裁，張榮發基金會的財產，不過已經不是原來日本留下的那棟建築，取而代之的是現代的大樓。

　　對於舊黨部的印象，是首度到中正紀念堂的時候，只記得是一街之隔，忘了是兩層樓還是三層了，是什麼模樣也很模糊了，可能是中正紀念堂太大了，所以只看了一眼舊黨部，便專注在中正紀念堂的牌樓上。反倒是 1976 年的時候，先總統蔣中正逝世週年，學校安排了慈湖陵寢的行程，學生們一個接著一個，在蔣中正未下葬的遺體前弔唁，那是印象深刻的一瞬間，或許是教科書的洗腦，又或許是跟他有什麼淵源吧？後來又多次造訪中正紀念堂，轉眼間就這樣過了將近五十年。

　　2012 年三月，拿到新的類單眼相機滿一年，那時對攝影充滿了熱情與期望，任何題材都想拍，於是我再度造訪中正紀念堂，拍攝了許多張憲兵操槍的照片還有影片，接著我走到大門外，望著景福門還有張榮發基金會大樓，四百公尺外的總統府彷彿在呼喚我，於是我走向它，站在凱達格蘭大道的正中間，那是凱道的斑馬線上，由於紅綠燈的時間很有限，我事先調整好光圈、快門、焦段後，才走到路中央按快門，每次都只有三次快門機會，總共拍了九張，不過都沒有滿意的作品，回家後都未能留在硬碟之內，是我首度拍攝總統府，希望未來有機會可以拍攝到想要的畫面。

　　回程時我沒有搭捷運，而是進到二二八公園內閒晃，有什麼拍什麼！距離台北車站短短的幾百公尺，卻花了數小時才走到，因為什麼都想拍，卻漏了外交部、張榮發基金會大樓、國立台灣博物館，到達南陽街時已經天黑，習慣在公園路麥當勞用餐的我，這次也沒例外，並不是它美味，而是我累了，需要找個地方坐

一下。這曾經進去消費十餘次的麥當勞，我曾經在此等人，也被別人等，還跟我當時六歲大的兒子一起進去過，甚至跟陌生人同桌過，因為用餐顛峰時間是一位難求。休息了一會，還是決定住在西門町的平價旅館，第二天再回台中。這次的台北行，台北一樣熟悉，也一樣陌生，像極了神秘面紗後的女郎，彷彿永遠讓人摸不透。

中山高

作者：765334

　　小學三年級，就跟著父母親，北漂到了台北。

　　每年寒暑假，就是我固定回南部去度假的美好時光。

　　在那個交通不發達的年代，回南部有以下幾個選擇：開車、搭火車、搭飛機、搭客運。

　　好幾次，我跟著大阿姨，搭飛機南北來回，穿梭在松山跟小港機場，真的像是在自家廚房走動一樣自在。

　　至於火車，則是在我高中以前，我都尚未搭過長途火車，最遠不過是從板橋到桃園的距離。

　　而我始終，不喜歡搭乘客運，因為那車上的味道，總是讓我一上車，就開始暈車到目的地。

　　總結來說，在這幾種交通工具裡面，我最喜歡的，就是父親自己開車。

　　那時候開車南來北往，只有一條高速公路，就是中山高。

最可怕的塞車大魔王，相繼會在過年前後出現。

當時並沒有智慧型手機可以打發時間，通常一塞車，那困在車裡的好幾個小時，簡直就是惡夢中的惡夢。

猶記得，我們曾經從台北開到屏東，花了 12 個小時。

睡睡醒醒，無比煎熬的 12 小時。

相較於春節的恐怖車潮，平日的中山高，可愛許多。

某一年，在一次暑假的返鄉之旅中，在中山高上，竟然遇到了塞車。

睡醒的我，看著眼前動也不動的擁擠汽車潮。

我問車上唯一清醒的父親，為什麼會塞車。

他說，前面不遠處發生了車禍。

在說話的同時，父親的食指在方向盤上，跟著音樂的節奏，輕快地敲打著，他絲毫不因為塞車，而有任何的不耐煩。

　　看著前方，充滿密密麻麻的車，根本無法看到遠方。

　　於是，我不解的再問他，怎麼知道前面有車禍。

　　這時，一陣警車的警笛聲，從我耳邊呼嘯而過。

　　父親看著那輛疾駛而過的警車說：「妳看，陸續有警車、救護車開過去，表示前面有車禍。」

　　當下，我突然驚覺，父親根本就是福爾摩斯！

　　外頭的陽光刺眼，不停地照射進車內。

　　車內的冷氣努力地運轉著，卻似乎，敵不過艷陽的攻擊。

　　再也睡不著的我，拿起漫畫，翻了幾頁，又再放了回去。

　　打開暑假作業要寫，卻發現沒有一個穩定的支撐可以下筆。

　　最後，我只能呆呆地看向車外，無事可做。

　　這時，父親突然開口：「妳看，那些開在路肩上的車子，都是違規的。」

　　這句話，馬上就吸引了我的注意。

　　我開始，專注地看著路肩。

　　父親再說：「如果一台車罰六百，妳看看這樣國庫要進帳多少？」

　　接著，我開始一台一台的數了起來。

　　馬上，父親也加入了我數數的行列。

　　我們父女倆，就這樣數著數，直到車速恢復以往的順暢。

　　我與父親，一直以來，對談不多。

　　那一次，是我第一次，跟父親如此親近。

　　我，非常開心。

　　坐在後座的我，打從心裡面，感謝前方的車禍事故以致塞車。

　　讓我，有了與父親獨處的珍貴時光。

　　自此之後，我們父女，只要長途車一上路，就會開始閒聊。

　　沒有設定聊天的內容，就是非常一般的話家常。

　　大部分都是聊著我的同學們、我的老師們，以及我的校園生活。

　　很平淡，也很簡單。

　　但是，那小小的密閉空間。

　　卻是我最幸福的小小天地。

穿越時空

作者：765334

中影文化城，我孩童時期的神聖殿堂。

雙薪家庭長大的我，家庭出遊這件事，是個無比奢侈的要求。

正因為機會難得，於是乎，出遊的地點，更是十分的重要，需要非常謹慎、審慎考慮之後再下決定。

猶記得，那年夏天。

母親看著包大人的威嚴，吃著手裡的科學麵，抖著腿說：「今年的暑假，去中影文化城好了，因為我也沒去過。」

那一句話，是一道曙光，照進了我黑暗的心房。

接著，我要求母親，訂下一個日期，我們就在那一天啟程。

自從得知出遊日期的那一天起，我就在客廳的日曆上，開始倒數。

倒數的日子裡，我每天都在想著，要穿哪一套衣服好？哪一雙鞋子好看？

好多庸人自擾的問題。

而且，在出發的前一天，我要求母親，帶我上美髮院，編了一頭的辮子。

然後，又去買了一雙新的襪子。

因為，去中影文化城，對於當時的我來說，猶如人生大事。

隔日，我們一家三口，搭上父親那一台深藍色的裕隆汽車。

出發。

當時住在台北縣土城市的我，覺得位在台北市士林的中影文化城，有如台北到高雄那麼樣的遙遠、那麼樣的聖潔。

本來，母親最愛的那張唱片，對我來說是了無生趣的台語歌，卻在那一天，變得動聽起來。

我跟著母親，哼出《快樂的出帆》：卡莫妹，卡莫妹，卡莫妹麻飛來，一路順風念歌詩。

奮力搖下窗戶，我讓風，盡情地吹向我的笑臉。

目的地，終於到了。

揹起背包，我亦步亦趨地跟著母親去買票。

想到待會，我就能看到開封府！

那興奮之情！

難以形容！

下一步，我終於，進到了中影文化城。

瞬間，我已穿越時空，來到包青天那個年代的時空背景。

路邊的街道、小攤販、建築、房屋，所有所有的一切，都跟電視上一模一樣！

我真的是！

開心極了！

放慢步伐，就怕錯過了什麼。

這時，聽見有人在拍戲的聲音，我興奮的衝上前去！

映入我眼廉的，竟然是，王朝與馬漢！

我目不轉睛的看著，完全捨不得眨眼。

當我看得正入迷的時候，母親輕輕地拍了我的肩膀，在我耳邊小聲地說：「妳爸說，潘迎紫在那邊拍戲，妳要過去看嗎？」

聽到潘迎紫三個字，我的雙眼，再次發亮。

而我的興奮，就快要跳出胸口。

浴火鳳凰！

是浴火鳳凰！

迫不及待的我，立刻牽著母親的手，三步併兩步的往浴火鳳凰走去！

第一眼看見浴火鳳凰本人的那一幕，直到現在，都還深深地印在我的腦海裡。

母親看見了我的興奮，她便問了潘迎紫是否能合影。

馬上，她就答應母親的要求。

現在，那張我與潘迎紫的合照，還掛在老家客廳的牆上。

照片中的我，那俗氣到不行的辮子髮型，搭配上我緊憋著不露齒的微笑，用現在的眼光來看，多麼的滑稽。

但那卻是，我畢生會珍藏的回憶。

中影文化城，謝謝你。

謝謝你曾經在我的童年，就帶領我穿越時空。

烙下了，那麼美好，又美麗的回憶。

開封府

作者：765334

　　小時候，是父母親帶著我們出遊。

　　等我們長大了，有了工作，經濟能力也能負擔之下，就換成，我們帶他們出遊。

　　因為母親不喜歡搭長途飛機，所以，就帶著她，到附近幾個國家走走。

　　陸陸續續我們一起去了東京、韓國、香港、澳門、泰國、大陸等。

　　就在某一年的秋天，我們去了大陸的江南一帶。

　　當我們抵達吳錫的三國城，一股懷舊感，朝我襲擊而來。

　　立刻我就跟母親說：「妳看！這裡也太像小時候妳帶我去的中影文化城了吧！」

　　殊不知，不解風情的母親，馬上就潑了我一頭冷水：「拜託，這裡比中影文化城大多了好不好！」

　　當我還在四處觀望的同時，母親已經手腳並用的上了遊園車：「快點上來！大家都在等妳！」

　　被這麼一呼喊，打斷了我眼睛轉個不停的節奏。

　　搭著遊園車，我的思緒，早已經被拉回到，好久好久以前的回憶。

　　我跟母親，開始聊起，那一年，我們一起去的中影文化城。

　　母親一開始就調侃我，當時得知要去中影文化城的時候，我有多麼的期待與興奮。

　　這一點，我百分之百同意她的說法。

　　因為，當時的家家戶戶，誰不著迷於包青天這齣電視劇。

　　當我在中影文化城看見開封府三個大字，興奮到心跳都加速。

　　母親回憶著說，當時的我，認真地問她，裡面是不是真的有狗頭鍘。

說到這裡，我們兩個同時放聲大笑。

誰知道在那麼多年以後，我對中影文化城的喜愛，延續到了我的人生。

只因為對中國傳統文化的熱愛，我選擇唸中文系。

那些古詩詞的優美，讓我強烈的迷戀。

追根究柢來看，或許也是因為，中影文化城那一次的穿越時空，在我心底默默地種下了一顆種子。

再加上，高中遇到一位超棒的國文老師，她帶我領悟到，中文之美。

於是乎，我在陰錯陽差之下，跟那位高中老師唸了同一間大學、同一個系所。

時光飛逝，當我來到上海的豫園、烏鎮的染坊、蘇州的古街、杭州的明清河坊，映入我眼廉的每一個景色，都再再地把我推向了時光的漩渦。

中影文化城帶給我的，不只是玩樂。

而是堪比劉姥姥進大觀園還要新奇的體驗。

　　世事的變化總是難以預料，真的沒想過，小學的一次中影文化城之旅，竟然也是最後一次。

　　雖然實體已經無法舊地重遊。

　　但是，我有著滿滿的照片可以回憶。

　　閉上雙眼。

　　那城牆庭院、一磚一瓦，彷彿依稀就在我面前。

　　用力吸一口氣。

　　似乎還能聞到，附近那間漢堡王傳出的香味。

太平洋 *sogo* 百貨

作者：765334

忠孝東路上的太平洋 sogo 百貨。

是我與小姑姑，最美好的回憶。

時值 90 年代，在高雄工作的小姑姑，偶爾會上來台北出差。

當她來台北出差時，她會特別安排一天跟我去逛街。

而我們每次必去的地方，就是太平洋 sogo 百貨。

還記得，當我第一次進到太平洋 sogo 百貨，那光亮的燈光、井然有序的櫃位、打扮乾淨俐落的櫃姐，讓我驚訝到就要忘了呼吸。

無法相信，世界上竟然有如次富麗堂皇的地方存在。

當小姑姑在挑選保養品時，那不斷繞過我鼻尖的香味，讓我猶如身處皇宮，雀躍不已。

接下來，小姑姑會帶我去買一雙新鞋。

款式、顏色任我挑。

握在我手裡的選擇權，讓眼前那些排列整齊、乾淨到發亮的每一雙鞋子，都在對我微笑。

而當櫃姐親切的為我服務時，我真的覺得，我已搖身一變，成為了名副其實，皇宮裡的公主。

那麼樣的尊貴、那麼樣的備受呵護。

最特別的是，結帳的時候，小姑姑會同時買兩雙一模一樣的鞋子。

另一雙，是買給她的女兒，也就是我的表妹。

小姑姑這樣的決定，讓我覺得自己成了表妹的服裝設計師。

我心中備感榮耀，驕傲不已。

買完鞋子之後，我們會到男裝部，去幫小姑丈買一條領帶。

那些穿著西裝的模特兒，每張臉卻都像是肯尼一樣，在不協調中，帶著帥氣。

以上這些行程，從來沒有改變過。

　　每當我知道小姑姑要北上出差，我總是興奮不已。

　　還會特地向同學們炫耀，我即將要去逛百貨公司。

　　那對當時還是小學生的我來說，就是一件值得張燈結綵、四處宣揚的大事。

　　某一天，母親跟我說。

　　小姑姑的工作有了變動，她以後不需要再北上出差。

　　這個消息，讓我的心情，完完全全的跌到了谷底。

　　甚至於，隔天，我向母親謊稱身體不舒服，向學校告假。

　　因為，我難過到不想去上學、不想做任何事情。

　　滿腦子想的都是百貨公司裡的點點滴滴。

　　時間流逝得很快，等我上了大學，很常與朋友相約在太平洋 sogo 百貨見面，但卻不曾再走進去。

　　直到有一次，與朋友見到了面，她拉著我去買化妝品。

　　當我一踏進太平洋 sogo 百貨，雖然櫃位的陳設已不復當年。

　　但是，那熟悉的燈光及味道，立刻就讓我想到了小姑姑。

　　就在櫃姐幫朋友化妝的同時，我打了電話給小姑姑。

　　我跟她說，我有多麼懷念她當時帶我逛百貨公司的事情。

　　電話那頭的她，用她一貫開朗的笑聲告訴我。

　　那時與我的百貨公司之旅，是她出差時唯一期待的行程。

　　我們兩個隔著手機，我帶著她，先來到以前她幫我買鞋子的地方，再走到買小姑丈領帶的地方。

　　這時，我才驚覺，她為何沒有幫她兒子買禮物。

　　小姑姑用爽朗的笑聲回答我：「因為他要的東西都太大了，我搭客運不方便拿。」說完，我跟著她一起大笑。

　　那熟悉感，讓我好懷念、好懷念。

　　直到現在。

　　每當我去到東區，我一定會打電話給小姑姑。

　　告訴她，哪裡有了新店面，哪裡有了什麼變化。

　　然後，我會進到太平洋 sogo 百貨。

　　買小姑姑愛用的保養品。

　　寄給她。

多采多姿

作者：765334

從小在南部長大，對計程車的唯一印象，就是巷口那間雜貨店老闆，開的那輛白色計程車。

那時需要搭乘計程車的時機，只有兩個。

一個是爺爺或奶奶要到市區去看醫生。

一個是準備前往外縣市，需要先搭計程車到客運站或火車站。

而整個村莊，唯一一位開計程車的，就只有那位老闆。

所以，通常在行前的一兩天，就得先跟老闆預定行程。

那樣的生活模式，我已經習慣了好久。

直到準備上小學二年級的那個夏天，當我首次跟著大阿姨北上探親，踏出松山機場，看到寬闊的馬路上，又紅、又綠、又藍的計程車，不斷的在彼此間擦身而過，讓我看得目不暇給、眼花撩亂。

　　大阿姨隨手一招，馬上就有計程車停在我們跟前。

　　那一幕，我覺得好像在看電視上演的戲劇節目。

　　而大阿姨就是劇中女主角。

　　我正是那台不遠處的攝影機。

　　搭上計程車之後，當車子開動，我一動也不動的坐著，盡情欣賞窗外呼嘯而過的景色。

　　台北的一切。

　　花花綠綠、精采絕倫。

　　這次北上，主要是探望大阿姨的女兒，也就是我的表姐。

　　因為大阿姨與母親相差非常多歲，加上大阿姨的女兒在 17 歲時，就已經當了辣媽。

　　所以，大阿姨的孫女，跟我同年。

　　也正因如此，我與大阿姨的孫女，感情非常之好。

　　這樣的家庭型態，在母親那個年代，並不奇怪。

　　在台北的每一天，我們每次出門，至少都是五個人起跳。

　　表姐夫的那台小轎車，裝不下我們的大陣仗。

　　於是，多出來的幾個人，就得以計程車代步。

　　那時候，大阿姨的孫女，總是緊黏著她父親不放。

　　即便我與她感情很好，我還是二話不說的捨棄她，堅持要跟其他人一起搭計程車。

　　只因為，疼我的大人們。

　　答應讓我，招計程車。

　　我的雙眼，掃射著路上來來往往的車輛。

　　在那幾分鐘的時間內，我必需決定，要招什麼顏色的計程車。

　　那種權力在握的感覺。

實在是。

太棒了！

當我向大阿姨的孫女分享這樣的心情之後，她決定，回程要與我同行。

我們兩個小女孩，就這樣嘰嘰聒聒的討論著，待會要搭什麼顏色的計程車回去。

眼前再美味的菜餚與冰淇淋，都吸引不了我們的注意。

餐會終於結束。

我們兩個手牽手，開心地奔到馬路邊。

當我們看到了紅色計程車，一起奮力地揮動手臂，直到它停在我們面前。

然後，彼此相視而笑。

身邊的大人們，完全無法理解，我們的樂趣何在。

好幾年、好幾年後，她也成為了辣媽，生了一對可愛的雙胞胎兒子。

　　有一回，我們兩個加上她兩個兒子，要一起回我娘家。

　　我們決定不使用叫車系統，而是站在路邊，準備招計程車。

　　她在我旁邊，堅定地說：「我選黃色。」

　　我馬上接上她的話：「我也要選黃色。」

　　這個遊戲，直到我們三十出頭歲了。

　　還是，玩得樂此不疲。

野柳

作者：765334

小學三年級，是我唯一一次的轉學經驗。

離開熟悉的環境，感覺很糟。

適應新的一切，真的很難熬。

南部的小學，一個年級只有甲乙丙丁四個班。

台北的小學，一個年級竟然有十二個班。

在一個新的學期轉入，陌生的所有，令我心生恐懼。

新的課本、新的聯絡簿、新的學校名稱。

不想接受，但又不敢表達。

只能安靜的沉默。

轉學的第一天。

老師再如何親切，都無法消彌內心的惶恐。

第一節課結束。

走廊有如早晨菜市場般的吵鬧。

周圍同學們聒噪的討論著偶像明星。

喧鬧不已的教室裡，只聽見自己大聲的心跳。

好不容易撐過了第一天。

卻不敢期望，第二天會有好的開始。

於是。

開始害怕上學。

雙薪家庭，父母親很早就得出門工作。

在教室門未開之前，已經將我送到了校園。

趴在教室外的圍牆上。

開始想念起，爺爺奶奶總是準備好的白粥跟愛之味玉筍罐頭。

拿出書包裡的三明治，坐在冰涼的地板上，小口小口的吃了起來。

教室門開了。

放好書包，坐在座位上，空無一人的教室。

唯獨我一個人，空空蕩蕩。

窗外的棕櫚樹被風吹得颯颯作響。

窗簾也跟著舞動了起來。

第二天上學。

依舊孤單。

母親終於在開學一個月後，問了我學校的狀況。

我的沉默，已是最好的答案。

下個周末，他們帶我出遊。

來到了野柳。

對於野柳，當時的我，一點概念都沒有。

開了很久的車。

當我看見了蔚藍的海洋。

瞬間。

心情豁然開朗。

一望無際的大海，在陽光的照射下，波光粼粼的好美麗。

好似下一秒鐘。

美人魚就會竄出在海洋中央。

母親開始向我解說，野柳的風化石如何形成。

我聽進去了。

享受這大自然給的美景。

一顆一顆奇形怪狀的石頭。

竟然是長年累月被風給吹蝕的成果。

台北。

怎麼可以讓我這麼驚呼連連。

返家的車程上。

我發現我的頭髮裡、鞋子裡，藏滿了砂子。

但是。

卻清理得好開心。

這一次的北海岸之旅，好像打通了我的任督二脈。

非常舒暢。

之後回到台北的校園，我不再安靜的沉默。

試著接受同學們的邀請，一起去合作社。

雖然聽不懂她們的話題，但是我嘗試著去理解。

小學五年級那一年，我成為了模範生，還加入了管樂團，到處去表演。

不算是風雲人物，但也算是在校園走路有風。

畢業那一年，還拿了個縣長獎。

野柳的魔力。

在我上大學之後，成為了療傷的地點。

每次失戀，我的室友，就會開著她那台白色喜美，載著我，衝往北海岸。

不論春夏秋冬，我都會在野柳停留。

一望無際的大海，加上那一顆顆詭異的石頭。

　　總是，能讓我回到最初被感動的那一刻，
給了我強大的力量。

　　是的。

　　沒有什麼難關。

　　熬不過。

逆齡成長

作者：765334

忠孝西路與館前路的台北車站，裝滿了好多。

值得回憶，與不想回想的過去。

小學的時候，對那條寬闊的大馬路，有著非常深刻的記憶。

當時，父母親之間的關係，非常緊繃。

以至於，母親時常帶著我，回到南部老家。

那時候，不懂母親的用意是什麼。

長大以後我才明瞭，帶著我回去，是想將我，再次託給爺爺奶奶照顧。

原來，那就是所謂的，身不由己。

每當父母親吵完架，母親就會進到房間去收拾行李。

然後，我們會搭計程車來到台北車站。

那時候的忠孝西路上，總是擠滿了等公車的人潮。

當公車一靠站，人潮就有如沙丁漁般的蜂擁而上。

那個年代，不像現在有電子票券可以一路通行。

當時要搭公車，必需先在忠孝西路上的售票亭買票。

而這個售票亭，不單單只有售票的功能。

它還會賣報紙、麵包、飲料、香菸等等雜貨。

在六合彩很風行的那個年代，順手在售票亭買一份福報，似乎已是大家的習慣。

薄薄的一份報紙，裡頭載滿了超重的期待。

當我們抵達台北車站之後，母親會先帶我去用餐。

那是一間，位在館前路上的簡餐店。

每一次，我都是吃炸雞腿飯。

白色的圓形大盤子。

三樣配菜、白飯，還有一隻炸雞腿。

再簡單不過的擺盤，卻是我在回到南部老家之前，最豪華的盛宴。

用餐完畢之後，已經買好票的母親，就會帶著我去搭車。

當時，我們並不是搭客運，而是搭乘九人座的廂型車。

倚著母親，車子搖搖晃晃。

很快的，我就進入夢鄉。

這一段跟著母親來來回回的反復路程。

從一開始的惶恐不安，直到後來卻變成，有所期待。

感謝那熱鬧的售票亭，轉移了我的視線。

感謝那金黃色的炸雞腿飯，給了我喜悅，陪伴我度過慌張。

感謝那小小台的廂型車，讓我感覺到，母親還在身旁。

時光，帶著我飛逝成長。

就在十年前，母親第一次到香港旅遊。

我帶著她，在彌敦道的書報攤買了一本，她最喜歡的老夫子漫畫。

接著，我拉著她，搭上一台前往沙田的雙層巴士。

我們兩個，肩並肩的坐著，一起分享那一本漫畫。

透過老花眼鏡，我看見母親皺紋裡的微笑。

我問了母親，是否還記得那一盤雞腿飯。

她靦腆地笑著點頭。

原來回憶不會消失，只是隱藏在忙碌的生活之中。

只要一點點的提示，馬上就能召回它的回應。

直至今日。

台北車站，景色已經完全都不一樣。

可以說是，根本看不見當初的一點樣貌。

當我的年歲，隨著光陰在流逝。

忠孝西路的相貌，卻越發的年輕，越發的有活力。

它與館前路，一同逆齡成長著。

慶祝

作者：765334

　　在還沒有周休二日的年代，每個禮拜六，要穿便服去上半天課。

　　而國曆的九月、十月及十二月，是最讓人期待的月份。

　　九月，有中秋節、教師節。

　　十月，有雙十節、台灣光復節。

　　十二月，當然就是行憲紀念日，也就是可以收到很多卡片的聖誕節了。

　　以往學校放假，父母親沒有休假的時候，我都是在安親班過節日。

　　當時的安親班，就好像是便利商店，二十四小時營業。

　　雙薪家庭，加上父母親是勞工。

　　對他們來說，放假日為春節、端午節、中秋節、冬至。

　　而這些重要的民俗節日，必需得要準備山珍海味來祭拜。

　　所以，當父母親終於也休假，我們並不是
舉家出遊，而是開始祭拜及走廟行程。

　　唯一不同的是，小學三年級那一年，即將
放光復節假期之前，我同學開口邀約我，與她
家人一起去兒童樂園。

　　回家後，我立刻向母親報告，希望她能同
意。

　　猶豫了很久，母親還是不肯點頭。

　　她給我的理由是，一個大人要照顧那麼多
個小孩，明顯不足。

　　再來，我們是搭公車前往，交通不便利又
危險。

　　最後，母親說，兒童樂園佔地那麼廣，很
容易走失。

　　這個拒絕，讓我跟母親冷戰了兩天。

　　父親發覺了我的不對勁，當他向我詢問，
我一股腦的將心中的委屈，通通傾瀉而出。

　　直到現在，我仍然記憶猶新，我跟父親抱怨：「你們自己沒有時間帶我出去玩，就不應該這樣限制我的自由！」

　　隔天早上，母親拿了一張五百元的鈔票給我。

　　興奮的情緒，讓我張大雙眼，心跳加速。

　　終於。

　　我可以自己一個人，跟同學出遊了。

　　那似乎，是一種成長的證明。

　　光復節當天一早，騎著我的腳踏車，到同學家集合。

　　途中路過我上的小學，校門口掛著大大的長方形看板，寫著：慶祝臺灣光復節。

　　集合之後，我們一大群人，搭上 310 路公車，往目的地出發。

　　沿途經過華江橋的時候，橋上插滿了國旗，很有元旦的氣氛。

　　看著那隨風飄揚的小旗子，與我雀躍的心情相呼應。

　　我們在美術館站下車，穿越地下道，來到了兒童樂園。

　　那是我第一次，與兒童樂園相見。

　　在兒童樂園的入口，一樣掛著長長的看板，寫著慶祝臺灣光復節。

　　其實，台灣光復節要慶祝什麼，並不重要。

　　我只想記得，兒童樂園裡的昨日世界、明日世界及遊樂世界，帶給我多大的歡樂與歡笑。

　　那一天，有微微的陽光，有輕輕的涼風。

　　氣候宜人，不冷不熱，是很適合玩樂的一天。

　　也是，屬於我自己的台灣光復節。

承載多年記憶的台北火車站

作者：汶莎

　　火車、公車、捷運、高鐵、飛機，連結了東西南北交通的主要工具，亦是人們千里奔波的首選。

　　而記憶中的火車站，自小便屹立不搖的處在家鄉的市中心。

　　原以為與我無緣的它，在我畢業後，卻建立了不少的連結。

　　畢業後乘上離開家鄉的惆悵，離開家鄉的不安，以及，學習獨立自主的開始。

　　火車是我能夠前往異地的手段，那時還未像今日有高鐵那樣的方便、迅速，只能隨著列車長的廣播，一站一站的，叩囉叩囉的，咔嘰咔嘰的，一路晃悠著。

　　在火車上總能見到擁擠的人潮，每個人都懷抱著各種目的與心意。

　　準備下放在最終的目的地——台北。

　　台北車站的建築雄偉，從古早時期的歐式頂棚設計，到中期文藝復興紅磚式建築，至現今的仿中式傳統建築。

　　雖歷經時代的演變，卻是在人們的心中，永遠抹不滅的存在。

　　它帶動了整個台北地區的繁榮，它帶動了整個台灣南北的經濟，亦串連了人與人之間的感情。

　　每個人的回憶裡都有著它的位置。

　　身為台灣最重要的交通樞紐，身為台灣最重要的國家象徵，身為台灣最重要的精神所在。

　　回想起初來乍到的我，在充滿人潮的地下迷宮中，感受到前所未有的震撼。

　　就猶如劉姥姥進大觀園般，就猶如兔子誤入虎穴般，讓人不禁繃緊神經。

　　深怕走錯一步便迷失在這地下城，好在有指引、地圖及好心人的協助，才能突破重圍走出火車站。

　　說到地下迷宮，就不得不讓人想起那神秘的地標——鳥頭人，既詭異又帶有奇幻意想的雕像，就靜靜佇立在淡水信義線通往台北車站大廳的方向，看著來來往往的行人，手中握住的鉛筆，像是想要把眼前的一切記錄下來。

　　提醒著現在的人們，記住眼前的美好，提醒著未來的人們，莫忘過去的歷史。

　　走過鳥頭人，順著手扶梯慢慢移至一樓，偌大的大廳震攝著我的雙眼，從沒見過如此浩瀚廳堂的我，不禁「哇～」的失聲讚嘆。

　　黑白相間的地板，猶如棋盤。總能看到一群學生各佔一地，下著無勝無負的西洋棋。

　　然假日時刻的台北火車站不僅如此，在商店和人潮的簇擁下，更顯得人聲鼎沸。

　　抬頭向上看火車班次時刻表，自動翻牌式的時刻更新，猶如早期倫敦車站般的新穎，

　　卻又充滿了歷史色彩。

　　或許正因為這樣新舊的交融，才能真正顯現台北火車站的歷史光輝。

　　走出台北火車站便能見到四通八達的景象，高速公路、公車轉運站、行人天橋，不愧蔚為台灣首都之交通樞杻，行人們像似東京街頭般，行色匆匆。

　　行走車輛像似瀑布一樣，川流不息。

　　在人車與城市的擁抱下，台北車站猶如不衰的嬰兒般，靜靜躺在台北市中，聽著吵雜的城市交響樂，當作是輕哄入睡的搖籃曲，數著一輪又一輪的流年。

走過台北三十載

時代與文化交錯的美麗

作者：汶莎

　　華燈初上的夜晚，中華街道上除了琳瑯滿目的商店，便是猶如上海百樂門般的熱鬧人潮。

　　走在流行前端的繁華商城，處處可見穿著鮮豔原色服飾的行人，總是吸引著不少外人的目光。

　　除了服飾外，區間播放的流行樂曲，櫥窗內擺放的流行飾品，貨架上陳列的進口電器。

　　許多新奇新鮮的事物，讓不少人趨之若鶩。

　　由八棟串連起來的商店街，交錯立體的環型天橋，寬闊道路的流水車輛，串連四通八達的網絡，超現實般的情景，像是潘洛斯階梯，讓人眼花繚亂。

　　老台北人都說：「中華商場是一道會發光的城牆。」尤其是相互爭豔的霓虹燈招牌，松下電器、黑松沙士、大同電器，一個比一個還要閃亮。

　　精工錶、和成衛浴、明治奶粉，一個比一個還要華麗。

在夜幕的襯托下，相互輝映。

綻放台北城的夜生活。

站在天橋上俯瞰，聆聽著城市的喧囂，隨著徐徐的微風，享受著屬於台灣人的都市生活，

這就是中華商場迷人的所在。

緊鄰一旁的西門町，堪比東京原宿街頭的榮景，亦是許多青年流連忘返的聖地。

因位在台北城的西門而命名的小區，有如海納百川，有容乃大。

除了保有日本時期娛樂特色，亦融入臺灣特有的文化。

門庭若市的戲院，總是聚滿了人潮，情侶、家庭、好友，是各式聚會的首選。

有台北原宿之稱的西門町，可謂是青少年的天堂，雜誌、唱片、服飾……等，各種的舶來品，拓展著這些好奇青年的眼界。

西門紅樓劇場，掀起華語電影熱潮。江山美人、梁山伯與祝英台，膾炙人口，大受好評。

　　許多電影明星的卓越風姿，深深的烙印在五、六〇年代人們的心中。

　　當地信抑中心的晉德宮、天后宮，香火鼎盛，是人們心靈的寄託。

　　不僅承載了當地人們的思念與祈願，亦承載了這片土地的記憶。

　　民以食為天，街頭小吃在西門町飄香數十載，鴨肉扁、阿宗麵線、上海老天祿……等，具有台灣特色的美食，傳承著老祖宗的滋味。

　　美觀園、老江浙、紅樓東家沙茶火鍋，具有異國特色的美食，開發著新一代的味蕾。

　　坐在南洋百貨前的圓環噴水池邊，隨著嘩啦嘩啦的水聲，細細品味著五〇年代的質樸純真，細細品味著六〇年代的經濟起飛，細細品味著七〇年代的繁華榮景。

　　殘留的意象，不禁讓人想起日治時期的歡愉盛景。

佩服日本人能將清代時期杳無人煙的荒蕪沼澤地，搖身一變為當時熱門的娛樂商業區。

身為視聽娛樂發源地的西門町，不僅打造出電影一條街的奇景，而由福州人經營的菜館料理、剃頭店、洋服店，更是當時的流行中心，結合了中日文化與特色，為當時的人們帶來耳目一新的享受。

時至今日，西門町依然是流行的中心，青少年佇足的消費商圈，外來觀光客必去的景點。

西門町，以永遠不變，順應世界的萬變。

忠孝東路

作者：汶莎

　　五顏六色的計程車淌流在忠教東路的街道上，隨意的攔下其中一輛，在與司機簡短的交談，我打開車門順勢滑進後方座位。

　　在車內的這段時光，是能讓我在這城市中，稍能喘口氣的地方。

　　或許是司機看出了我的煩悶，亦或是我身上散發出不可親近的氣場，沿途的寧靜讓我沉浸在忠孝東路的車河中，看著來來往往的車輛，思緒漸漸飛離。

　　或許是這城市發展的飛快，讓我來不及好好品嚐它原始的滋味，自從臺北市改成直轄市後，交通便進行了大改革，忠孝東路修築成一長條大貫道，成為臺北市東西區交通往來的便道。

　　雖然交通方便了許多，亦帶動了周邊的經濟發展，而房價也隨之水漲船高。

　　每天的通勤，讓我細細的品味著這條路的變化。

　　每當有新的店家進駐，亦或是新的大樓建起，亦或是新的美食出爐。

　　總是能吸引著我的目光，在一邊感嘆著過去的美好時光已不復存在的同時，仍一邊期待著未來日新月異不斷的推陳出新。

　　但感傷還是會殘留心底，尤其是充滿回憶的場所。

　　還記得阿爸趁著沒客人的空檔，騎著三輪車載著我四處晃晃，那時道路十分的寬廣，還沒像現在這麼多車，只有行人、腳踏車、三輪車。

　　我最喜歡看著公車在路上奔跑的樣子，每當公車經過時，我總會拉著阿爸的衣袖對著他大喊著：「狗狗車、狗狗車！」

　　就因為它鐵皮的外型就像狗頭一樣，而阿爸聽到總是笑笑的看著我，摸摸我的頭說：「下次帶你去坐狗狗車！」

　　但過沒多久，阿爸說政府不讓三輪車在路上跑了，於是便買了一台計程車，這對不會開

車的阿爸來說是個艱巨的挑戰，但為了家人、為了生活，他非常努力的學習。

或許也是因為這樣，所以對於計程車我心中仍懷有不少感情。

而到了我坐上狗狗車的日子，也是我上高中的時候了。

不過……那時的狗狗車隨著世代已被淘汰，取而代之的是從美國引進的新型巴士，白鐵的廂型車，已沒童時那般的趣味。

看著窗外忠孝東路的街景，回想著過去的往事，總是觸景傷情。

我閉上眼，讓自己的心靈好好沉澱，將那些感傷收進內心深處的櫃子裡。

我發現，這條路上的記憶漸漸的被時間所取代，霓虹燈、舶來貨、流行時尚、3C 家電，每個新奇的事物，都來到這裡，想要創造屬於它們的回憶。

我莞爾一笑，發現車窗上的倒影又多了幾條紋路，原來，我的時間也被悄悄的帶走了。

　　記憶中的樣貌已在不知不覺中，漸漸消失。

　　忠孝東路的味道至今也嚐了三、四十個年頭，而未來的三、四十年不知是否有機會看到，到了那時，忠孝東路又是怎樣的一番光景？

　　我一邊想像，一邊期待著。

　　隨著煞車聲，我來到了我的目的地，在這個時刻，我做著我該做的事，繼續為未來的我，創造著屬於自己的回憶。

頂好商圈的榮景

作者：汶莎

　　看到頂好超市被家樂福併購的消息，讓我不禁回想起家裡附近那間陪伴我長大的頂好超市。

　　從小就在忠孝東路生活的我來說，便捷的交通，熱鬧的街景，繁華的商圈，是早已司空見慣的熟悉場景。

　　還記得小時候總愛吵著到頂好超級市場旁的肯德基，品嚐著吮指爽脆的炸雞，但父母總是因著健康考量，鮮少帶我去大快朵頤。

　　直到上了國中，總愛跟幾個朋友到頂好超級市場內玩耍。

　　以前的頂好超級市場可不像現在的超市般經營，而是有如現在的大賣場，裡頭除了生鮮超市外，還有各種商城，像是頂好點心城、頂好咖啡廳、頂好兒童遊樂場，其中頂好保齡球館更是陪伴我青春歲月的時代眼淚。

　　男生們總是無聊，最愛聚在一起幹些有趣事兒，而頂好超級市場正是我們這些大男孩，殺時間的好去處。

　　先是去打個保齡球，喧鬧個幾小時，然後再去咖啡廳，暢聊著剛剛的趣事，然後去兒童遊樂場，看看最近進了哪些新機台。

　　當時家家連要有台電腦都很困難的時代，更遑論像現在人人一台智慧型手機。

　　孩子們只能騎著腳踏車，在家附近，在學校附近，找樂子玩。

　　而頂好超級市場則是提供了我們製造回憶的地方。

　　當現在的我回想起那時的樸實天真，感嘆著現在背負的社會責任，如此沉重。

　　房價的爬升、物價的飛漲、不動如山的薪資、責任制的重擔、養家活口的責任、不斷改革的教育，改變了整個臺灣環境，也使得頂好商圈也漸漸沒落。

　　以前的肯德基已被麥當勞所取代，以前的頂好超市也不復以前的榮景，雖然現在的頂好商圈跟小時候的記憶已不同，但留在心裡的仍是當時歡樂的情感。

　　隨著回憶的潮水，推著我上網搜尋著當時的頂好商圈，看著 1987 年的老照片，看著當時頂好市場站的公車牌，讓我想起了高中時，搭著公車上學的情景。

　　平日早上的公車總是擁擠，擠滿的是早起的上班族，以及，抱著睡意的學生。

　　隨著晃悠的公車，一站一站的將人們送達目的地。

　　而假日時間，站牌前則是人山人海，都是前來頂好商圈放鬆、遊玩、採買的人們，熱鬧的景象彷彿歷歷在目。

　　老照片的回憶，亦吸引了許多人的留言，爭相懷念起當初的美好，也象徵著台灣經濟起飛時期的盛況。

　　雖然不捨頂好超市被家樂福所併購，但好在有人把當時的光景，以照片的方式保留下來，讓我們可以透過現代的方式，去緬懷它。

　　其間還有人分享了當時頂好超市的購物指南及商場照片，心中的回憶一一被勾起，笑看著這些得來不易的珍貴，也驚覺時光飛逝的可怕。

　　存在記憶裡的那些過往，彷彿只是瞬間，徒留下一地的哀傷。

　　哀悼著過去的榮景已不復存在，傷懷著與時俱進的現在讓人跟不上腳步。

　　我們在時代的洪流中，被新的記憶給沖散。

南京東西路與林森北路

作者：汶莎

　　佇立在林森北路上的銀色高樓，是歷史的軌跡，是地方的標的，是人們的回憶。

　　四十幾年前還是白色的高樓，承載了欣欣有限公司的夢想，歷經時代的演進，歷經改朝換代的經營模式，歷經汰舊換新的店舖商場，隱身在公園後方，繼續服役著。

　　自從南京東路北面的新生高架橋通車後，南京東(西)路、林森北路的車流便從未斷過，再加上如雨後春筍般林立的電影院，成為了當時不少年輕人駐足的所在。

　　還記得那時的 80 年代是最愛打扮的年代，由於秀場文化的風行，捧紅了不少青春玉女歌手，大家都爭相模仿著自己心愛的偶像穿著，男生標配墨鏡、皮衣、牛仔褲。

　　女生標配牛仔外套、高腰褲、寬皮帶。

　　穿著最流行的時尚服裝，進戲院看場電影，再到西餐廳吃晚餐，這就是父母輩們的甜蜜約會。

　　而我們小孩子則最愛在附近的公園玩耍，原 14、15 號的公園，現已改名為林森公園與康樂公園，原為日治時代的墓地，亦是台灣總督的明石元二郎的所葬之處。

　　雖然聽起來有些陰森恐怖，但孩提時代的我們，光是有一片能盡情奔跑玩樂的空地，就足以高興的玩上一整天，哪還管得著這些呢？

　　南京東路至南京西路，為台北東西向最主要的通行道路。

　　由於連接台北到基隆的交通，無論空運或海運都十分方便，吸引輕工業聚集在沿線發展。

　　由於經濟起飛，許多公司、飯店、百貨都沿線成立，金融機構亦在此地聚合，

　　成為臺北市財經中心區，故有臺北華爾街之稱。

　　看著林立的大樓與日俱增，吸引著人潮不斷聚集。

　　使得原本居住在康樂市場的舟山島住民、老兵，以及，有著台北夢的中南部年輕人，被迫遷移。

　　隨著政府的都市計畫改革，史上最大的反拆遷運動也應運而生。

　　康樂市場的居民被迫遷入地下室，繼續擺攤維持生計，而政府與人民之間的溝通，也隨著時間逐漸被淡忘。

　　可是，卻在這些居民心上，留下永遠抹不去的傷。

　　承襲著 80 年代的繁華，林森北路的條通文化，是自日治時期保留至今的特色，亦是不少人夜晚造訪，排遣內心寂寞與委屈的地方。

　　由南京東路、中山北路一段、市民大道一段、新生北路一段，圍成的四方形便是日治時期稱大正町的地方，町內的九條巷子分別依序命名為一到九條通，有著日式酒吧風格的店家，與客人們聊天互動的消費方式，撫慰著在社會

壓力下，無處宣洩的人們，提供一處心靈的避風港。

聽著這裡的媽媽桑說起三十年前的光景，叼著煙的手，止不住的顫抖，說著來來往往的心事，回味著當時的青春歲月，感傷爬滿了心中的空虛。

一邊感嘆著不如往昔的生意，一邊捻去手上的煙，帶著滿臉的微笑，繼續著日復一日的人生。

台北經貿發展

作者：汶莎

　　在 1970 年貿易發展蓬勃的年代，政府大興土木，興建展覽大樓、國際貿易大樓、國際會議中心及君悅飯店，四幢建築物，共構成一個功能完整的四合一建築群，也就是仍為現今人們樂道的台北世界貿易中心。

　　尤以展覽大樓最受各界的歡迎，許多展覽都會選擇在此地舉辦，像是寵物展、建材展、動漫展等，跨足人們生活的各個面向，提供最新的資訊讓大家了解。

　　而國際會議中心，不僅只是提供給各國內外企業，舉辦大型會議的場所，另有餐宴場所，讓外籍客戶、廠商有賓至如歸的感受。

　　除此之外，國際會議中心的大會堂，更是國內外歌手爭相預約的表演場地，亦吸引許多愛樂人士前往，參與音樂盛會。

　　國際貿易大樓則是聚集各種商貿企業，許多國內外企業都在此設立辦公室，可說是商才雲集之地。

　　政府為對從事國際貿易人士提供最完善的服務，除了商辦、會議、旅宿、餐飲……等，一

條龍的尊貴服務，讓不少國外人士津津樂道，亦帶起台灣經濟快速發展。

也由於台北世界貿易中心的設立，帶動了台北東區的發展，許多百貨、商店街、美食餐廳如雨後春筍般，接連進駐。

捷運、客運、快速道路連接南北交通，共築便捷的城市交通網，不僅縮短舟車上的勞頓，也縮短了交通上的耗時。

台北的快速發展，成為吸引了全台年輕人爭相前往的寶地，一來工作機會多，二來工作面向廣泛，且工作類型不僅侷限於商業，教育、設計、資訊、機械等，讓初出茅廬的大學畢業生，有一展長才的機會。

多元化的企業，也使得台灣在世界上，佔有一席之地，不僅各項產業獲獎無數，其表現之創意及特色，都讓外國的企業主及相關人士們，眼睛為之一亮，紛紛投下資金，紛紛投下人才，紛紛投下技術，希望能讓該項產品更加精進，希望能讓該項產品加以改良，希望能讓該項產品推廣普及，讓世界更加進步。

　　然多元化的產業也造就出多元化的人才，台灣人才輩出，吸引許多外商公司來台徵才；紛紛祭出高薪，吸引許多年輕人至外地工作；提昇工作福利，吸引二度求職者至海外再就業。

　　可見台灣雖小，卻精英雲集。

　　時至今日，台北世界貿易中心仍為台北市中心的重要腹地，不僅週邊有台北市政府，亦有台灣最高的 101 大樓，加上新光、ATT、微風、遠百等百貨林立，成為許多觀光客來台必訪的景點。

　　尤其是 101 大樓，更是受到國外遊客的青睞，紛紛都想登高望遠，一睹台灣全景的風采。

　　台灣雖腹地狹小，卻蘊藏豐富的景點，台灣雖難以在世界上立足，卻能吸引各國的目光。

　　台灣雖資源有限，卻能創造出最大極限。

　　而幕後的推手則是台灣民主的自由度，讓各行各業能放開手一展拳腳，為台灣爭取一片光彩。

銘傳記憶

作者：汶莎

　　手機響起一道從未見過的號碼，接起電話的同時，另一頭用著飽含想念的口吻問候道：「還記得我是誰嗎？」聽著那許久未變的聲調和語調，勾起了那幾十年未見的回憶，帶點滄桑的嗓音，說著想與大家回到母校聚聚。

　　想著那群許久未見的同學們，便在滿滿的行事曆上，空下一天，與大家一同在回憶中漫遊。

　　坐著捷運前行的路上，想著記憶中的大家，不知道會否因為時間的摧朽，而變得讓人認不出來。

　　隨著捷運到達劍潭站，看著現在的基河路，想著當初還在就讀時的景色，大不如前，誰能想像隨著士林夜市的興起，誰能想像隨著捷運的建起，不僅方便了交通，更是聚集了人潮，讓學校附近變得更是人聲鼎沸。

　　沿著以前上學的路途前行，看著銘傳大學的校碑，感慨著時間帶走的不僅是歲月，連名字也帶去了半條。

　　隨著手錶上的指針一點一滴的流逝，昔日的同學們也慢慢的相繼到達，相互寒喧問候著彼此的生活近況，在相聚歡樂的同時，也伴隨著哀傷的消息。

　　生老病死是人之常情，死神總是會毫不留情的將人的生命帶去，但殘存的回憶卻讓思念的人，覺得不捨。

　　在昔日的班長帶領下，我們進到銘傳的校園，看著物是人非的景象，找尋著記憶中仍殘存的事物。

　　還記得銘傳那時剛升格為銘傳管理學院，因應兩性平權時代潮流，從原本的女校開始兼收男性學生，男同學們總是很有活力，女同學們則因為有男生在而變的比較拘謹，現在看來，都覺得當時的自己真是蠢得可愛。

　　走到昔日的教室，雖然因重新裝修而變得乾淨整潔，但地理空間位置卻仍留著我們的記憶。

　　大家憑著腦中的印象，各自走到自己的座位，一起回憶著當時的年少輕狂。

　　聊著聊著，想起了以前的恩師，一行人便浩浩蕩蕩的往系上走去，不知還有哪些老師還留著任職，帶著既期待又怕受傷害的小小心靈，跑去系辦公室一探究竟。

　　經過短暫的詢問，得知班導師還在校任教，而且剛好在研究室內休息著。

　　我們一行人又風塵樸樸的前往研究室，禮貌性的敲了敲門，在一聲「請進」後，我們看見了記憶中那嚴肅又帶點幽默的身影，果然人類都經不起時間的摧殘，看著臉上又多了幾條紋路，行動也大不如前的老師，心中隱隱留下無限的感慨。

　　在與老師聊天的過程中，不斷介紹著自己的名字，不斷說著過往的趣事，不斷提點著當時的光景。

　　雖然老師的記憶已記不清詳細的過去，但在我們的互動下，他也慢慢的回憶起當時與我

們相處的景象，或許，再過幾年，也就無法像這樣舊地重遊，說著過往的回憶吧！

　　未來的我們想必在分歧的道路上，將會愈走愈遠，何時能再聚首銘傳，誰也不知道。

　　是吧？

鐵路地下化前後

作者：宛若花開

「火車行到伊都，阿末伊都丟，唉唷磅空
內……」

小時候，看著火車過山洞，就像看到無底
洞一直吞噬著一列列火車，在山林與流水間呼
嘯而過，乘載著不只是勞工與學子的急促與睡
意，更是承載著遊客和遊子的盼望和期待。無
論臺北何處都是火車旅圖的範圍，跟隨著地上
烙印一條條遍布可及的路線，伴著上方一條條
交叉密布的電纜線，大街或小巷都可聽到火車
的汽鳴聲，領著機車、汽車與公車，在臺灣早
年的經濟共同打拼著！

何曾這鐵路技術的大躍進，躍過了多少千
千百百的歲月時光，讓臺灣有機會在世界上發
光！它曾是臺灣最主要的交通方式，在地上載
著木頭、糖、鹽與各種礦產等，因應著繁榮的
林業、糖業、鹽業、礦業等明日希望而發展。
那繁密如蛛網的鐵路線，帶起一波波臺灣經濟
的崛起，更是扮演著不可或缺的領頭角色！而
現在則是地下載著勞工、店員、工程師等，推
動著工業、服務業、科技業等繁忙的人們，急

忙地到達他們的過路站。而窗外不再是一處處的光景，而是一幕幕的黑影⋯⋯

也因大環境、大時代的不斷更迭，耳朵聽到的不再是汽鳴聲，而是刺耳的喇叭聲；窗外看到的不再是繁雜的人群，而是無限的黑暗⋯⋯少了些窗外的景物，我們就成了手機的觀眾，大家拼命地低頭，無不搶著成為手機最忠實的粉絲。我們在過去的地上鐵路，等的是平交道，等的也是我們的青春，彷彿自己的心上人就會如卡通或是電影情節，在火車呼嘯而過後，出現在眼前。我們在現今的地下鐵路，等的是人潮，等的也是我們的無奈，不知道什麼時候才可以排得上回家的位子。

在這條鐵路上，無論是離鄉背井在這城市裡打拼的人們魚貫排列著，或是追隨青春在綻放的學子們嬉鬧談笑著，依然是鐵路在地上或地下月台間最珍貴的畫面，即便人事物隨著時代改變，唯一不變的就屬那鐵路便當。美味的便當內摻著人們的日常生活，伴著鐵道的地方故事，也屬一種文化的傳承。傳承著臺灣一頁

頁的歷史，記錄著人們一道道的感懷，成就出
今日鐵道的改革換面。

關渡大橋

作者：宛若花開

　　隨著淡水河的波浪起伏，關渡大橋也道出了三波浪，成了我們熟悉的關渡指標。從原本的藤橋成了現在的鋼構橋，不僅連結了關渡、淡水與五股、八里，把這兩大區的人們用交通緊緊連結在一起，也連結起我們的青春回憶。

　　還記得那年，一路騎著腳踏車，沿著車道邊的人行道，我在後面跟著你，用盡全力地踏著板，而你也不時回頭望著我，就怕我落了點距離，轉個彎就沒跟上。即便橋上吹著河邊的冷風，還有車速帶來的勁風，都讓我冷得手腳直發抖，但每當你回頭的那一刻，我的心就暖一次。那時，心裡只有一個想法：無論你到天涯海角，我跟定你了！

　　不知道在你的屁股後跟了幾個年頭，轉眼間，我們都年三十了，你，依然意氣風發，也小有成就。我們不再像過去懵懵懂懂地騎著腳踏車四處玩耍，而是肩併著肩一路沿著淡水河畔走。走累了，就坐在河道旁，看著河面上水筆仔的鮮綠襯托著橋上的豔紅，一邊聊著我們「征戰」四處的輝煌歷史。

　　那時，我們四處找尋我們的秘密基地，建著我們自認堅固不催的房子，無論在哪個角落，我們都堅持一定要面朝關渡大橋，就像回教信徒們永遠向著麥加。我們拿起腳邊的土塊和石頭，加上四處的樹枝和芒草，一副認真地將我們的地盤護著，紮紮實實地圍起來，膽敢有其他入侵者，一律殺無赦！

　　我們還在話當時，說起小時候曾做過的各種傻事，突然耳邊響起一聲奶音：「爸爸、爸爸，我找到你了！」看你一手抱起還帶著奶音的小男孩，摸摸他的頭，眼頭、眼尾都泛著幸福，隨後而來的是另一處撒嬌聲：「爸爸、爸爸，我也要！」一個走路還不穩的小女孩，吃力地想爬上我們坐的椅凳。你隨後將手上的兒子放在一隻腿上，再抱起這小女孩，放在另一隻腿上。

　　腿上兩個娃加上你，頓時也成了關渡大橋的三座峰，我笑著跟你說這個奇妙景象，你看了看兩個娃，又看了背後的關渡大橋，不禁也開懷大笑，趕緊喚起身邊的老婆幫忙拍張照，深怕幾年後，再也沒有這樣的驕傲景象。我伸伸手，示意著要幫你們拍張全家福，不只在你

的手機內，也在我的手機內留下了一張兩座關
渡大橋的奇景。

憶童年

作者：宛若花開

「來，同學們！我們今天校外教學來到了小人國，大家記得要多拍幾張照片，回去給爸爸媽媽看喔！」

看著這張泛黃的照片，想起自己第一次帶著爸爸心愛的傻瓜相機，第一次跟著同學遠行到了小人國。爸爸緊張地一再提醒我要如何使用，如何保護好這台相機。而我只是興奮地期待可以像那些攝影師一樣，拍出心目中的巨作。前一夜躺如針氈，巴不得立刻就像卡通人物一樣瞬間移動到小人國。

提起這檔往事，爸爸立刻秋後算帳，跟我討起那台傻瓜相機的錢。叨念著他怎麼會傻到去相信一個國小年紀孩子的話，把自己的摯愛推入火坑呢？我也不惶多讓，笑稱還好還有這最後一張照片，紀念那台摯愛的相機為國捐軀。爸爸有些疑惑了，怎麼會是為國捐軀呢？應該是肉包子打狗吧？我指著照片中的建築，這裡不是有座長城？那裡不是有座紫禁城？它是在這邊拍完這張照片後，才被暗地的殺手推下樓，

144

這不是為國捐軀嗎？爸爸看著鬼靈精的我，無奈地搖搖手，說著辯不過我。

但是，我依然記得爸爸愛著攝影的那件事，就在父親生日的那天，將現在最新型的手機奉上，並補上一句：「爸爸，您的摯愛投胎轉世來了！」爸爸被逗樂地不停把玩著手上新的摯愛，研究著該如何使用？該去哪些地方？讓他有機會好好拍個像樣的巨作給我瞧瞧。並對我警告著、囑咐著，決不會再將摯愛借給我，免得到時候，又變成了遺世之作。

靈機一轉，馬上接著爸爸的話，「遺世之作不是比巨作還厲害些嗎？」就像那些有名的畫家，總要等到過世之後，畫作才會變的無人不知、無人不曉，價碼也才會跟著水漲船高。爸爸無言地丟下一句「詭辯！」

但我知道，爸爸只是希望還有機會可以把握住我們的童年，希望可以再像從前那樣，用著相機也好，手機也罷，拍下我們玩到每一處的笑臉，紀錄我們每一次的旅遊事。就像每次小時候出去玩，在後座看著爸爸開車的背影，

總是特別安心！而我也用我自己的眼睛當作鏡頭，拍下爸爸那帥氣的開車畫面，將那畫面深深地烙印在我的心中，一輩子！

百年之情

作者：宛若花開

　　在凱達格蘭大道來來往往的車潮前，它佇立了百年，從威權邁入民主，也看盡人生百態，在這來來去去的領導者中，因為有它，才有擋風遮雨的辦公處，卻未曾有人感謝它的存在……但它從未有任何怨言，即便是一開始聽不懂的語言，似懂非懂地迎入新的族群和新的領導者，但是它仍然繼續守護著。

　　有時，看著凱道上有拿著大小牌子的人們日日夜夜地不知道為著什麼抗戰。只好靠著自己微薄的燈光，為他們照亮著，希望可以為人們帶來一絲微光與溫暖。也祈求著上天，不要在這時下雨，若可以，也希望可以為他們擋風遮雨，免去些雨水帶來的不適感。就像個媽媽一樣，想要守護眼前這些孩子的一線機會……

　　當天空再度飛過一架架的噴射機，才又想起，原來又一年了！每年舉國歡慶的日子前後，身上也多出了不少張燈結綵的裝飾，一排排、一列列的表演隊伍，無不展示最炙熱的拿手絕活，以博得滿堂采！有時也會發現跟前出現許多不同國家的陌生臉孔，但它也沒有拒絕，也

歡迎著他們一同為著這特別的日子高聲喝采！如同一位當家的女主人，召集著各方四路的朋友，一起來熱鬧、熱鬧一番！

而歡騰後的孤寂，也只有它最明瞭，因為它依舊只能守在那裡……憶著那最熱鬧的時刻，想著多少人們曾圍繞著它歡呼，對照著空無一人的凱達格蘭大道，心中的落差不勝唏噓……只能在夢中安慰著自己，明年的這個時刻很快就會再來，自己僅需在此默默地等待，等著伊人回來的那一天……

若細看它的外觀，傷殘粗劣之處也著實不少，外觀的顏色可能沒那麼艷麗了，磚磚瓦瓦可能沒那麼完整了，一處處的斑駁就像母親臉上的皺紋，每一道都是歷史的痕跡，承載著經年累月多少人的回憶。而這些回憶無論是好是壞，都是人們曾努力而遺留下的戰績，有血有淚、有甘有苦，而它只是午夜夢迴間，細細品嘗著……

即便不如過去的面貌，但它的輝煌，仍然足以讓我們瞻仰它、敬重它。如同一位深謀遠

慮的智者，屹立在那邊為我們娓娓道著過去的
故事，提醒我們不要再犯過去歷史的錯誤！

過去與現代的不同人生觀

作者：宛若花開

在這裡，一樣都是烏漆墨黑的地方，或許有些光源閃爍，有些音樂、有些故事。過去是安安靜靜地坐在那，聽著迴盪的巨聲、看著各種角色的身影；而現在卻是熱熱鬧鬧地跳動著，搖著不穩的身匹、蕩著眼神。總是需要有個放鬆的地方，讓我們抒發些樂趣。過去看場電影都是奢侈，而現在能解憂愁的，連同酒水都是小菜一碟。

該說現代的人比過去的人更懂得享受人生嗎？或許，是因為我們現在更貪，想要抓住的東西更多，不滿足於眼前的事物，總是要一而再、再而三的嘗試新鮮事物。我們習慣仗著年輕氣盛，燃燒我們的肝，耗盡我們的時間，享受著這無懼的青春時光。有時玩火玩過了頭，付出了錢，也付出了自己……

過去有無數的外在環境條件禁錮著我們不能做些什麼、不能說些什麼，即便想要去做，但是還是會礙於社會觀點而躊躇不前；而現在卻是已經把自由與衝勁當成口號，各種冒險行為與想法早已司空見慣。也是因為這個的習慣，

讓整個社會價值觀似乎已經改得讓人無法遵從……

Just do it！如同口號一般，成為現代人橫衝直撞的一項失敗的藉口或一個成功的要素，貌似可以闖出自己的一條路，但沒有人有十足的把握……也許有人成功，也許有人失敗，都是仗著一股氣。幸運的，背後有父母幫忙撐腰，便成功了一半；不幸的，可能就怪自己沒有生對家庭，只能自己慢慢闖。

保守，或許在現代已經不是一個正確選項，但是可能是保護自己的其中一個想法。可能會有些人嘲笑我們的這個想法，鄙視我們的做法，但是，順著自己的心走，不要顧慮其他人的想法，以不傷害他人為前提，就成了我們現在的一種心境界。

活出自我，看起來貌似豁達，但是，有時看來卻成了逃避的理由。因為無法承受工作、家庭、感情、社會觀感等壓力，乾脆為自己找個台階下，說著凡事做自己，卻只是無法跟隨市場機制和時代潮流走。有的開始放縱自我，

開始享樂。回到那陰陰暗暗的地方，裝做什麼
都看不到，也就可以安慰著自己像那電影中的
角色，笑稱人生如戲……

復興北路—路由心生

作者：宛若花開

通常在臺灣的路名不是中山路就是中正路，紀念著我們的領袖。但臺灣有無數條大街小巷，怎麼說也是不夠，就開始加入忠孝、仁愛、信義、和平......等的宣傳代名詞。再不夠，就把復興、金山一詞也拉來湊一湊，期許著十年、二十年甚至是三十年後的「復興」。

在這繁榮的路上，來來往往的人潮與車陣中，乘載著不同的人生際遇和故事。或許有人惦記著，並且用歌曲記錄著「忠孝東路走九遍，腳底下踏的曾經你我的點點」；也有人選擇忘記，讓回憶隨時間流逝。無論是哪一種方式，都是由著我們的心出發，當你的心想走到哪，你的路就會到哪。

可能在這條路上，會有各式各樣的過客跟你在此擦肩而過，也會有不少的車子呼嘯而過，但也僅是一面之緣，不會為你停留。但也有人可能跟你一起等速度前進，一同欣賞和分享這條路上的所見所聞，陪著你、帶著你往前走。當他們到了各自的下一站，或許我們會因為惋

惜而暫時駐留，但終究會在某一刻，你會想清
楚所有的事，並選擇再往前繼續走下去。

　　我們有權選擇自己想往哪一條路大步邁進，
無論是實體的道路，抑或是人生的道路。而在
這條路上，可能會有很多十字路口等著我們去
抉擇，抉擇的時間有多有寡，如同在馬路上的
一頭，等著行人號誌閃爍。若躊躇不前，過了
那道燈，也只不過是繼續在原地等，等著下次
的號誌再次轉色，等待自己準備好了，再往前
邁進。而抉擇的時間並不是他人來控制，也不
是上天在左右你，而是由你自己去控制這個時
間點。

　　或許，我們不需急著下決定，因為這是你
的心、你的意，只有自己最清楚自己的方向。
又或許，某一步踏錯了方向，某一個路口轉錯
了彎，某一次繞了遠路，但這都是經驗、都是
不同的故事，即便曾經後悔過，但我們終究是
實實在在地在這條路上、這片土地上留下些屬
於自己的印記，是好是壞，也不用太介意，因
為在每個時代，都有不同的解讀方式。用自己

的方式解讀，用自己的方式走。走得坦蕩，也
才有機會留給孫子說說嘴，談著「想當年……」

陽明山—待良人歸來

作者：宛若花開

　　一個台北的後花園，環繞著妳我的童年。妳曾牽起我的手，在這偌大的停車場晃呀晃、走呀走，我用我的小手緊抓著妳的大手，踩著不穩的步伐，吃力地跟上妳的腳步。妳只是盼著、望著同一處，看久了，就成了漠然的眼神；望久了，便開始兩眼無神地往前走，似乎心底在猜想著某些事，但我知道，想著的所有一切，終究是在等著的那個人。我從未看過妳說的那個人，只知道那個人牽動著妳所有的心思，也牽動著我的一生……

　　每次的假日，都是妳最期待的日子，期待那個人會上山，期待那個人會出現。我們在無數的遊客群裡穿梭，妳怕自己不夠高，趕緊往人群稀疏的地方，妳怕我被擠散，又拉著我到售票亭，想著這是最顯著的位置，那個人應該看得到。但，最終看得到的人，總是售票亭的阿姨，阿姨每每勸妳別再等了，那個人不會再回來了。妳只是勉強地牽動起臉上的肌肉對阿姨微微一笑，又繼續拉著我在這無限循環的停車場繼續繞。

　　一年、兩年、五年，三十年都過去了，停車場上不再只是機車，車子也越來越多，各式新潮的設計，讓陽明山填滿了人氣。遊客們身上不再只是衣服，配件也越來越多，把陽明山點綴得更加艷麗！我數著這些年的改變，每每說給妳聽，妳總是聽著，但不多做其他回應。

　　因為我知道，這三十年唯一不變的是妳那等待的心，即便行動有些不便，妳仍堅持要在同樣的時間、同樣的地點、同樣的那套衣服，等待著心心念念的那個他。我不解妳的堅持，妳也只是淡淡地回應，若不這樣做，當他再次出現，怎麼會認得出當年的自己？

　　我心疼妳的傻，想帶妳下山找那個他，妳卻躊躇不前，摸著自己臉上的歲月痕跡，也擔心那個人認不出自己......我氣憤妳的自卑，想下山為妳出口氣，妳卻拍拍我的肩，看著遠方的山景，因為妳也知道，那個人不會再回來了，只是想為自己再多爭取些可能，希望上大可以給自己多些運氣。

　　或許就在某一天，那個人就會如妳夢中所遇，乘著妳印象中的深色機車，帶著妳愛的糕點，笑著在妳面前出現……

國家圖書館出版品預行編目資料

走過台北三十載／藍色水銀、765334、汶莎、宛若花開
合著-初版-
臺中市：天空數位圖書　2021.12
面：14.8*21 公分
ISBN：978-986-5575-72-4（平裝）

863.55　　　　　　　　　　　　　　　110022124

書　　　　名：走過台北三十載
發　行　人：蔡秀美
出　版　者：天空數位圖書有限公司
作　　　者：藍色水銀、765334、汶莎、宛若花開
編　　　審：龍璈科技有限公司
照　　　片：老溫
製 作 公 司：明揚有限公司
美 工 設 計：設計組
版 面 編 輯：採編組
出 版 日 期：2021 年 12 月（初版）
銀 行 名 稱：合作金庫銀行南台中分行
銀 行 帳 戶：天空數位圖書有限公司
銀 行 帳 號：006-1070717811498
郵 政 帳 戶：天空數位圖書有限公司
劃 撥 帳 號：22670142
定　　　價：新台幣 400 元整
電子書發明專利第　I　306564　號　　版權所有請勿仿製
※　如有缺頁、破損等請寄回更換

Family Sky

紙本書編輯印刷：
電子書編輯製作：
天空數位圖書公司　E-mail：familysky@familysky.com.tw　http://www.familysky.com.tw/
地址：40255台中市南區忠明南路787號30F國王大樓　Tel：04-22623893　Fax：04-22623863